하나의 二人舞와 세개의 一人舞

하나의 二人舞와 세개의 一人舞

김정환 시집

푸른숲

1993

自序

춤의 언어란 무엇일까. 사상의 肉化와 詩化 사이에 어떤 갈등이
존재할까. 춤은 언어를 어떻게 춤추게 만들까. 시는 어떻게 춤을
內化 시킬까. 춤의 긴장은 어떻게 시의 긴장으로 전화될까. 그것
이, 시의 춤을 더욱 육체적으로 긴장시킬 것인가. 그것이 춤의
시를 더욱 구체적으로 긴장시킬 것인가. 애시당초 내게 시는 다
른 장르 속에서 보편적인 갈등으로 존재했다. 춤은 그 시 속에서
더 근원적인 갈등으로 존재할 것인가?

차 례

하나의 二人舞

러시아에 관한 명상—두 노동자 이야기

남자는 27세의 대기업 생산직 노동자다.

여자는 24세. 중소기업 노조위원장.

이 둘은 서로 사랑하다가, 격렬하게 헤어졌다. 삶과 운동에 대한 입장 차이로. 그 중 어느 쪽이 더 큰 이유였는지에 대해서도 둘은 견해가 달랐다.

그 후 1991년 5월 정국에서의 남한 공개운동권 대패, 소련의 정치권력 와해 및 남한 좌파 분해를 겪으면서, 둘은 그것을 서로의 탓으로 돌리며 시들한 나날을 보내는 데 익숙해졌다.

그러면서 2년이 지난 1992년 봄 어느 날, 둘은 각자 집회에 그냥 구경삼아 나간다. 대회는 역시 시들하게 끝나 거리가 텅 비워지고 차량들이 다시 소통되고 횡단보도로 사람들이 건너가기 시작하는데, 그 둘이 이쪽 저쪽 보도에 남아 눈이 마주친다.

이 작품은 그 뒤 50분간이다.

프롤로그

그 모든 것은 갔다 우리의 인생도 헛된
꿈이 아니었을까 현실의 그 모든
굴절된 꿈 그 모든 것은 갔다 그러나
기억은 몸 뒤채며 분노하는
파도와 같은 것 그러나 기억은
떨리며 마침내, 균열하는 동상과 같은 것
무너져 지리멸렬한 포옹 같은 것
가난도 열정도 피비린 남루도
그 속에 찬란했던 이상도 갔다
우리들의 기억이 상존하는 동안
우리들의 생애가 몸부림치는 동안
그 모든 것은 갔다. 우리의 젊음도 난무한
輓歌가 아니었을까 이미 무너진
시간 속에서 과거가 역사 속에
흘러갔다 질긴 꿈이 더 깊이 파묻히고
흘러왔던 역사가 보다 찬란하게 흘러간다
몰락이여 무엇이 우리의 강건한
육체가 되고 있는가 우리들의 기억이
피비린 동안 그 모든 기억의 육체는 갔다

스텐카라친

그것은 먼 나라보다 가까운 젊은 날의
방황, 다만 속절없이 거대하게
출렁거리는 무엇이 거대하게
무너지고 그곳에 우리의 길이
세상보다 더 거대하게 열리는가
앞으로 우리들의 생애가
창백하고 친근한 동안 그것은
뒤돌아보지 않는 수천만명이
피를 흘리던 시간의, 젊은 날의 영화
다만 거대하게
탕진되는 무엇이 거대하게 무너지고
그곳에 끔찍하지 않은 세상이
둥지를 틀고 잠을 잘 것인가 보라
역사를 강물로 비유한 것은 옳지 않았다 세월도
보라 옳은 것은, 사실 옳았던 것이다
남은 것은 역사 속에
남은 자의 몫일 뿐이다
남은 자의 기억은 옳지 않았다
피비린 기억보다 더 많은 것이 이룩되었다

만 남

1.

네가 설마 거기에 서 있을까
땅거미 이 텅빈 거리 끝에 서 있는 것은 설마
가로수나 그 뒤에 더 긴 그림자겠지
그래 어차피 추억이 만나는 거야 우리는
네 뒤로 전파상에서 옛날노래 흐르고
너의 배경은 좀더 오래된 사진이 된다
아 그것은 벌써 왜 그리 색바랬을까
마치 한 인생이 다 소모된 것처럼
그것은 다정하던 시간 속으로 흘러간다
그러나 거기에 서 있는 네 모습은
끔찍하기도 하다 나는 황량한 네 속이 보이고
그 속에 네 뼈가 보여 앙상하고 허약한
그리고 눈이 전보다 크다 쓸쓸하다
나를 뚫고 내 뒤를 보는 것처럼
네가 설마 여기에 아직 서 있을까

2.
언젠가 네가 말했지 우린
이러다가 흘러가는 강물 위에 그냥
달빛으로 또 흘러가는 것 아니겠냐고
그래도 좋지 않겠느냐고 역사 위에 아름다운
것이 되면 좋지 않겠느냐고 사랑한다고
그 뒤로 우린 헤어져 각자 얼마나 흐르고
또 세월을 흘려보낸 것일까 역사는
이미 가버린 어떤 것 우리 남아 어떤
기억의 해진 이부자리를 꿰매고 있는 것일까
걸어오지만 네가 이미
너무 멀리 가고 있다
네 눈동자 속의 내가 점점 더 멀리 가고 있다
아 보고 싶었어 그러나 네 육체가
유령처럼 흔적이 없다
네 뒤에 더 누추했던 따스한 네 모습이 보여

3.
그러나 지금은 더 가까이
누추한 내 모습이 보여 네 눈동자에
이렇게 완강한 거리의
아스팔트를 빠져나간 시들한 대열처럼
우린 그렇게 만날 수밖에 없는 것일까
이렇게 완강한 거리의 아스팔트를 두고
이렇게만 우린 뻥 뚫린 가슴이 되어
만날 수 있는 것일까 기억은
갈수록 간절한 얼굴 같은 것 역사는
기억 속에 흐르지 않는 殘影 같은 것
네 뒤에 내가 내 뒤에 네가 겹쳐오는데
네게 가기 싫어 간절히
네가 오기를 바래 나는 너에게 너는
나에게 옛날과는 다른 모습이기를 바래
그게 지금 우리에게 유일한 역사일까

4.
네게 가고 싶다 너는 망설인다
그래 우린 항상 한쪽에 있고
또 항상 과했지 용기도 망설임도
모든 것이 흘러간다 인파도 영업용 택시도
사랑했던 추억도 거리는
꼼짝도 하지 않는다 그런데
우리는 왜 4차선 도로만큼도
이룩되지 못했던 것일까 자세히 보면
우린 꼼짝없이 서 있다 가시오판이 더욱
발을 묶는다 그래 우린 항상 꼼짝없이
흔들리는 어둠 속에 눈빛이었지 사랑은
위태롭게 흔들리는 것 그러나 우린 단지
사랑에 대해 완강했을 뿐이다
횡단도로가 열리고 사람들이 건너온다
너는 건너오지 않는다 나도 건너가지 않는다

5.

다만 또하나의 법칙을 알 뿐이다
사랑, 그것은 다만 우리가 마침내 둘이 되어
날씬하고 고단한 우리들의 앞날을 본다는 것
그 둘은 갈라지면 천박하다
당연하지 우리는 그때도 이미
어둠 속에 있지 않았다 과거, 그것은
다만 우리가 마침내
또하나의 법칙을 알았다는 것
그러나 우리는 아직 한없이
미끄러지는 거리 위에 있다 차마
다가서지 못하고 다만 무슨
보이지 않는 시간의 끈이
이리도 질기게
멀어질수록 손아귀를 아프게 잡아당기는가
네가 오고 있는가 통채로, 네가 오고 있는가

6.

그래 옛날도 그랬다
같이 있으면 인파 속은 좁고 따스했어
그래 이미 너는 내 뒤에 있다
나는 돌아보지 않지만 내 등 뒤는 따스하다
그것만 해도 옛날 같지는 않은 걸까 이렇게
인파 속에 서로 떨어져
아 비로소 우리는 어디로 가고 있을까
이 거리는 어디만큼 어디만큼 와 있는 걸까
화려한 인파 속으로 네가 사라지고 다시 얼굴이
뚜렷하게 나타난다 너의 등 뒤에
모든 것이 무너져 내리잖니 이것만으로도
이미 너의 젖가슴과 내 등이 밀착한다
봐 네 어깨가 떨리잖니 이것만으로도
우린 옛날과 다른 것인가 우린 무엇과
헤어지고 있는 것일까 너는 무엇과

7.

나는 앞서 가고 있지만 앞선 것은
흘러가고 견고한 것은 아직 뒤에 처지는
역사 속에 있다 거기엔 아직
앞이 없고 뒤가 없다 우린 이미
한쪽에 있다 하나의 인파 속에
둘이서, 네가 가고 내가 간다
뒷선 너도 뒤돌아보지 않는다
그걸 아는 것은 네 뒤에도 이미 내가
있다는 뜻이다 그래, 네게로 가고 싶다
네 속으로 네 속을 지나 네 뒤로
어느 쪽이든 나를
더 빨리 가거나 뒤돌아보게 해다오
그러나 그것은 흘러가는 것이면 안된다
내가 등을 돌렸을 때 너는 이미
내 등이 되었고, 최소한 다시는 흘러가지 않았다

8.

무엇이 내 안에 들어와
벌써 전신을 떨고 있는가
옷을 벗은 어깨가 떨리며
작게 빛나는 것은 기억인가 그 바깥인가
눈의 배후와 배후가 맞부딪쳐
오 비참은 옷을 벗고 그 뒤에 더 비참했던
꿈도 옷을 벗고 이제
찬란한 세상이 내 속에서
떨고 있는가 그곳은 따스한가 그것은
친근한가, 그곳은 아직 내가 아니다
그것은 아직 네가 아니다 아직은
껍데기들이 제 혼자 바람에 부서지고
흩어지는 것이 더 크다 그리고
아직은 사랑이 방해받고 싶어한다
행복했던 시절이 위태롭다는 듯이

9.
네가 발길을 멈추었다
아직은 멈추는 것이 추락하는 세계에
네가 남아 있었다
추락하지 않기 위하여
무엇이 입술을 깨물고 제 혼자
귓 속의 깜깜한 밤길을 달리고 있는가
그 속에서 무슨 헛된
추억의 나라를 넓히고 있는가
그대여
내 사랑도 발길을 멈추었다
이제 추억보다 따스한
혈색을 누릴 곳을 찾아야 한다
더이상 우리는 헤매일 곳이 없다
격렬하게 헤어졌던 우리가
더이상 어디로 무너지겠는가

10.
너는 거기 있는가 너에게로 가는 길은
너에게 파묻히는 것보다 더 찬란한가
나는 안다 이 포옹이 격렬한 것은
네가 아직 교차로에 있다는 뜻이다
진하게 밀려오는 것은 네가 아직
무거운 뒷모습을 떨쳐내지 못했다는
뜻이다 그러나 그것은 이미 누구의
뒷모습인가 그것을 네가 애써
외면한다 나도 외면한다 그러나 그것은
이미 더 나은 미래의 눈물겨운
이면을 감당해야 한다는 뜻이다
사랑도 혁명도 영원히 교차로에 있다
땅거미조차 발길 멈추고 교차로가 영원히
흘러간다 그것이 너 나은 곳으로
흘러가기를 바라는 우리가 그렇게 서 있다

트로이카

무엇이 저렇게
흐느끼면서 균열하고 있느냐
무엇이 저렇게
균열하면서 축적되고 있느냐
무엇이 저렇게
고요하고 격렬한
눈물 한방울로 응집하고 있느냐
혁혁했던 세월이 남아
그 무수한 어깨를 벗어내고 있느냐
무엇이 저렇게
단둘이 남아
그 무수한 표정의
떨림을
눈물 한방울로 모으고 있느냐
무엇이 저렇게 균열하며
포옹하고 있느냐 자궁보다 거대한 세상을
벌써 어둠 속에 반짝이지 않고
무엇이 저렇게 마지막으로 단 한 번
검게 빛나고 있느냐

독 백

나를 놓아줘 너무
누추한 포옹이야 이건

나를 놓아줘, 너는 언제나
내 품 속에 있는 거야

누추한 규모야 이건 아 나는 왜
누워 차라리 길바닥이 되지 않고

나는 왜
사라져 차라리 스카이라인이 되지 않고

포옹 속에 품은 거울 속에
네 얼굴에 비친 내 얼굴이 너무 추해

아냐 그건 네 얼굴이야 분명
사라지지 않은 과거는 추해

봐, 우린 아직 포옹 속을 헤엄치지 못하고
그냥 부채꼴로 서 있잖니, 이건 아냐

묶인 것은 발목뿐야 아직
너의 튼튼한 가슴이 손에 잡히지 않는다

포옹이 지속될 뿐
너의 과거와 현재가 아직 뒤섞이지 못한다

무엇이 이어지고 무엇이 뒤섞이고 무엇이
질긴 심줄 끊어질 수 있는 걸까?

이 이야기가 가슴에 담겨
동작으로 나왔으면 좋겠어

우리가 사랑했다면 우리가 사랑했던 것은
무엇일까, 우리들의 비슷한 냄새?

아니, 비슷해지기 위해서
가장 낮은 데를 향해 기를 썼던 것 아닐까?

우리가 노동자라는 사실도
또한 그것에 이용된 것 아닐까?

비슷하다는 것 그건 사실
사랑보다 증오에 가까웠던 것이 아닐까?

개자식, 나를 이 지경으로 만들어 놓고
화장품 냄새에 환장해서 코나 벌떡거리고

아냐, 우린 사실 서로 다른 것을
사랑했던 것이 아닐까?

아냐, 우린 사실 서로 다른 것을
사랑했어야 하는 게 아닐까?

너무 가까이 오지 마 난, 싫어
그 친근했던 냄새가 너무

개쌍년, 자본주의 냄새에
지혼자 할딱거리고

가까이 오지 마, 쑤셔버릴 거야
난 행복하게 살고 싶어

그래서 사람들이 포옹하고 있는 것은
아직 온 몸에 공허뿐이다?

夢精은 아직
네가 가깝다는 뜻인가 아직 멀다는 뜻인가

그래서 더 소유욕뿐이다?
그래서 더 앙탈뿐이다?

헌신짝뿐이겠지, 우린 스스로
헌신짝이라고 생각했던 건지도 몰라

무얼 찾아 그리 헤맸지만 자신없는
공허끼리 주고받으면 살벌하다

가까이 오지 마 넌 너무 체취가 짙어
난 코끝이 참신하고 싶단 말야

그냥 있어, 아직 과거끼리
몸을 부비고 있을 뿐야

가까이 오지 마 넌 너무 울음이 진해
난 과정을 아직 모르겠어 사랑도 역사도

그냥 있어, 우린 아직 패배끼리
뺨을 부비고 있을 뿐야

가까이 오지 마, 우리의 포옹은 이미
석고상처럼 강해.

화장품 바르는 노년과
싱그럽지만 천박한 청춘과

그냥 있어, 우린 아직
너무도 떨어져 있어 간절하다

우린 기껏해야
칼부림을 포옹했던 걸까

나는 아직 모르겠어
너를 품고 있는데 벌써 내 뒤가 두려워

난 아직 결과가 두려워
이렇게 네게 안겨 있는데

우린 아직 두려운 결과를
이미 품고 있는 걸까

아 난 아직 과정을 모르겠어
다른 것은 불안하고, 비슷한 것은 끔찍해

그러나 우린 과정을 모른다는
사실조차 몰랐던 것 아닐까?

불안은 과거에 경악은 미래에
속해 있는 것이 아닐까?

뒤집어야 되는 거 아닐까?
다른 것은 신기하고 같은 것은 힘이 된다는

그러나 그것조차 좀 달라져야 되는 거
아닐까? 그게 우리의 역사 아닐까?

우리가 지금 정말 서로 사랑하는 걸까?
너무 달라졌어도, 너무 옛날 같아도?

그러니까 우리가 지금
우리의 역사 속으로 돌아왔군

아냐, 우리가 옛날에 정말로
사랑하기는 했던 것일까?

옛날에 정말로 이별하기는 했던 것일까
헤어지는 이유조차 견해가 달랐는데

이미 찢어진 것이 이별할 수 있니?
이미 바닥난 것이 쏟아질 수 있니?

우리가 정말로 옛날에
패배하기는 했던 것일까?

너한테 5, 6월의 패배는 무엇이었니
그것은 혹심하고 거대한 외상(外傷) 아니었니?

러시아에 관한 명상 33

너한테 몰락은 무엇이었니
그것은 둔감하고 미세한 내출혈 아니었니?

너한테 역사는 무엇이었니
그것은 네 바깥을 흘러가버린 시간 아니었니?

너한테 사랑은 무엇이었니
그것은 네 안을 넘쳐오르는 발목 아니었니?

그것은 바깥의 패배였니, 아니면
너를 버팅겨왔던 네 안의, 역사의?

너한테 골리앗의 패배는 무엇이었니
그것으로 네 갈비뼈가 무너지는 걸 너는 느꼈니?

너한테 사랑의 패배는 무엇이었니? 그것으로
세상의 닻줄이 끊어지는 것을 너는 느꼈니

그것은 너의 패배였니 아니면 남의?
그것은 네 안의 패배였니 아니면 네 바깥의?

그렇게 묻는 것의 패배였니 역사는
아 우리는 2년만큼 악화된 게 아닐까?

부르르 떨지 마 너무 깊이 파고들지 마
우리가 패배해서 만난 것은 아냐

아냐, 더 깊이 보면
그래서 만난 게 아닐까?

역사를 논했지만
우리 자신의 역사를 몰랐다는 것

변혁을 논했지만
변혁 자신의 역사를 몰랐다는 것

완성을 논했지만 우리의 전망은
미리 작정한 불행의 이면에 불과했다는 것

이 정도로 우린 패배했다고 할 수 있는 것일까
더 가야 해 이 정도론 너무 얇아

러시아에 관한 명상 35

울먹이지 마 아직은
너무 얕아 패배도 사랑도 이별도

아프기만 할 뿐이야 우린 아직도
그만큼 강하진 않지

패배가 공허를 뒤집었다, 그것만이 참신하고
우리가 다시 만났다, 그것만이 유구하다

자신이 없어 난 가까울수록 깜깜하고
멀수록 찬란한 세상이 있다는 게

얼굴을 보는 게 아냐 귓속에
희망의 목관악기 소리를 듣는 거지

그렇다
아직 초라하다

아니 이제 비로소
초라하다

그리고
더 초라해져야 해, 우리가

봐, 뭔가 벅차고 비좁았던 것이
우리 바깥으로 나가 바깥을 이뤘을 뿐야

둘 중 하나는 초라하지, 우리의 역사와 바깥의 역사
후자가 그러면 안돼, 그것은 네 앞날을 보는 거니까

현실 속에 있다면 우리 이미
발걸음 미래 속에 있다

그리고
더 초라해져야 해, 우리가

서로의 빈자리를 채우고
또 채워야 할 만큼

그래 우리 공허가 큰 만큼
화려하게, 충만이 크다

바깥에, 내 속에 역사적인
우리들의 사이에

사세드카

온갖 대열이 앞으로 가지 않고
다만 길길이 뛰는
밤이 있다 핏기 없는 대열이
무게 없이 끊어지고 이어진다
오 식은땀을 흘리는 것은
몸이 무거워서가 아니고
꿈이 천박하기 때문이다
악몽이여, 뒤돌아보지 마라
더 깊은 곳을 가야 한다
돌아보면 길이 얕을수록 험하다
기억마저 창백해진 육체로
가라, 끝내
더 아름다운 세상의, 실핏줄 속으로
앞을 보면 길은 깊을수록
넓어질수록 더 넓게 고개 숙인다
밤이 길길이 뛴다 아직 패배가 너무
얕다는 뜻이다
좀더 패배해야 한다 그리고
아파 마라, 두 번 패배하는 것이다

재 회

핏기 있던 현실은 사라져
다시 세상의 혈색이 되었다
그렇다
그 실패에
우리가 창백해졌다면
우린 두 번 패배한 것이다
그것은 다시 살아올 수 없지만
우린 보다 나은 미래를 향해 나아간다
그것은 물론 창백하지 않다
그러나 피비리지도 않을 것이다
그렇다
현실보다 더 피비렸다는 것
그것이 우리의 패배였다
그렇다
혈색은 혈색으로
혈색의 바깥은 보다 싱그럽고
찬란한 세계 표면으로
돌아갔고 동시에 미래로
나아갔다
그렇다 한 세계가 갔고

다른 세계가 왔다
그 세계의 미래는 더욱 찬란하리라
그렇다 그것은 세계의, 현실의
이중의 승리였다
그렇다 아직 세계는
미비하다 그러나 발전의 발걸음은
우리가 패배하고 있는 지금에도
멈추지 않는다
더 거대한 패배의 배경 속에도
그것은 멈추지 않는다
언제나 배경인
패배는 또하나의 극진한
아름다움을
인간의 계절에 보탰을 뿐이다
더 미세하게 보면 그것은
인간의 사회에도 무언가를 보탠다
컴퓨터에도 미래의 신도시에도
눈물이 무언가를 보태지는 않지만
100년 뒤에 눈물겨운 것은
100년 전에 누군가가 투쟁하다

패배했다는 뜻이다 그러므로
패배 자체가 결코
눈물겨워서는 안된다
모든 노력은 결국
눈물겨웠을 뿐 자기 자신에게 패한 것이지
현실에게도 미래에게도
패한 것이 아니다 그리고
돌이켜보면 우리를 채운 것은 항상
투쟁이 아니고 세상 그 자체였지만
전망의 속은 항상 현실의 더 깊은 속보다
현실적이지도 전망적이지도 못했지만
우리는 화려한 세상의
불쌍한 裏面을 보았고
세상은 패배한 우리의
더 심오한 이면을 이뤘을 뿐이다
그러므로 세계는 모든 변혁가에게
대가를 치를 수 없었다
그가 원한 것은 자신의 理知가
이해할 수 없을 정도로 거대한
도약이었기 때문이다 그러므로

모든 변혁가는
육안으로, 두 눈으로 똑똑히 보지 못하고
어렴풋이, 그러나 세계보다 더 큰
심장의 박동소리를 들었을 뿐이다
그가 원했던 것을 세계는 줄 수 없었다
그것이 역사이고
역사의 보답이다
다만 다음엔 이 다음엔
그리운 가슴들만을 모아
세계를 시끄럽게 하려 하지 마라
그리움은 세계의 가슴 속에
깔려 있는 것만으로 족하다
그것은 외화되는 순간 이 세상에서
앞으로 허름한 천막 하나
얻을 수가 없다
그것은 스스로 떼지어 그리움의
머리 속을 방황하다가
다시 세계의 가슴 속으로
뜨거운 너의 기억 속으로
돌아갈 뿐이다

그리움이 그리워했던 것은 실상
자기 자신이었을 뿐이므로
그리움은 깔려야만 제자신을 찾는다
살아서, 펄펄 뛰는
그것은 보잘것없는 게 아니다
다만 다음엔 이 다음엔
패배를 너무 끌어안지 마라
패배와, 헤어질 시간이 되었다
그것은 껴안을수록
거대하게 세계를 강타하고 헤어져
가슴에 간직될수록 우리 몸을 덥힌다
살아서, 그것은 멋쩍지 않고
울음이 웃음으로
다시 웃음이 더 깊은 울음으로
스며들지 않는다
그것은 보잘것없는 게 아니다
안쓰러워 마라 그리워하지 않아도
그리움은 네 곁을 떠나지 않는다
그리움의 등이
너를 굳게 하면 안된다

우리가 다만
가기 위하여 가야 한다면
과거와 미래를 맺는 끈이
다만 꿈뿐이라면
우리가 지쳤다는 말은 거짓말이다
그렇다 그러므로 우리는
현실적으로 지쳐 있다
그리고
지친 육신 위로 앞서간 세계가
우리를 밟고 지나간다
그러나 보라 네 몸은 벌써
그 세계 속에 있다
무엇이 갈수록 뒤에 남고 있는가
무엇이 벌써
몸보다, 감각보다 뒤처져 있는가
무엇이 벌써 역사가 아닌
과거 속을 뒤쫓고 있는가
그렇다 우리는 다만
가야 하기 때문에 가는 것이 아니다
오 자유, 그것은

가슴에 죽죽 그어지는 목적지로의
철길 같은 것
무엇이 벌써
몸을 제 키보다 길게 앞으로
뻗고 있는가
그리고 무엇이 벌써
어깨 위에 손을 얹고 있는가
무엇이 벌써
넷이 되고 열 여섯이 되는가
그렇다 앞으로도
몇 개의 동상이 더 세워지고
더 무너지리라
그렇다 앞으로도
우리보다 더 나은 전망이
우리보다 더 누추하리라
우리보다 더 강건한
근육이
더 땀방울 맺히고 더 지치리라
그러나 예언은
전망 속에 있지 않고 역사 속에 있다

나는 안다 너도, 예언과 자유의
관계를 그리고 너와 나의
사랑의 역사를
그것은 앞으로
더 밀접하고 더 복잡하리라
그것은 복잡한 것이 아니고
이제까지 정반대였던 것들이
겹쳐진 것이다
그렇다 우린
지칠 수 없는 길에 지쳐 있다
그렇다 우린
지칠 수 없는 세상에
그보다 더 큰 길로
놓여져야 한다
잠시
이마에 땀방울을 닦으리
그러나 뒤를 보지 마라
네 앞에도 뒤가 있고 그 뒤를 봐야
더 멀리 본다
그때 비로소

알게 되리라 전망의 역사와
전망의 한계와 무한히 열린 전망의
두 겹 통로를
그때 비로소 알리라
왜 그 뒤에 비참한 자의 꿈이 있었는가
왜 그 뒤에 또 비참한 자들의 현실이
있었는가
왜 비참한 자의 꿈은 비참한 자의
현실보다 비참했던가 너는 알리라
그러나 네 앞에 보라
기억은 왜 갈수록 속도가 빠를수록
창백해지는가 무엇이 벌써
몸을 제 열망보다 더 길게
뻗어나가고 있는가
길이 된 몸이 이젠 친근한가
아니다
그것 또한 낯설을 것이다
몸이 된 그 길이 이젠 친근한가
아니다
그것 또한 어설플 것이다

그리고
몸이 몸에게 길이 길에게
비좁을 것이다
우린 철길 끝보다 더 멀고
하늘 끝보다 더 깊은
역사를 생각하지 않으면 안된다
어깨에 머리를
기대는 순간
무엇이 벌써 마주보며
눈 앞의 역사를 보고 있는가

학

데드마스크가 웃는다
살아 있는 것은 그가 아니고
남아 있는 것이 데드마스크라며
이전의 죽음보다 더 검게 앞으로의 삶보다
더 하얗게 데드마스크가 웃는다
어리석은 자여 누가 내 목에다
살아 있는 너의 생애를 밧줄로 거는가
한두 사람도 아니고 수천 개 데드마스크가
껍질처럼 바람에 흔들리며 벗겨진다
어리석은 자여 그를 흔들었던 것은
바람이 아니고 역사였다
바람보다 일찍 역사보다 뒤늦게
데드마스크가 웃고 있다, 어리석은 자여
네가 처형한 것은 너의 역사이다
그의 생애는 이미 죽기 전에 다했다
네 생애가 찬란했다면 죽은 네 앞세대의
생애도 너와 더불어 찬란할 뿐이다
수천 개 데드마스크가, 비웃지 않고 울먹인다
아 매달린 그 모습, 땅 끝까지 가늘고 길다

에필로그

무엇이 또다시 일어서는가
그러나 일어서는 것은 상처가 아니다
그렇다 역사를 자연에 비유한 것은
옳지 않았다 음악에, 상처에 비유한 것도
사랑에 비유한 것도 옳지 않았다
상처, 그것은 다만 우리가
마침내 현실로 한발 더 깊이
들어왔다는 것
우리가 상실한 것은 벌써
너무 작은 것이다 승리도 패배도
이상이 마침내 누추한 껍데기를 벗는다
무엇이 또다시 일어서는가
그러나 일어서는 것은 이미
수천만의 젖가슴이다
그렇다 패배는 다리를 꺾지만
일어서는 것은 오로지
더 우월하고 아름다운 세상뿐이다
무엇이 또다시 일어서는가
그러나 일어서는 것은 우리가 아니다
사랑, 그것은 다만 우리가

마침내 미래를 두 눈으로 바라볼 뿐
미래의 주인은 후대라는 것을
받아들인다는 것 그것이 또 그 후대에게
빛나는 정물화뿐일지라도 더 나아가
눈물 흐린 시야를 보탤 줄 안다는 것
살아 있는 동안 영원불멸한 생애를 불태우고
그들에게 생애의 기념비를 남긴다는 것
무엇이 또다시 일어서는가
그러나 일어서는 것은 이미
살아 있는 수천수만의 미래이다
그렇다 생애는 기념비로 남는 것이
아니다, 그것은 눈물이거나 기쁨이거나
세상의 가장 밑바닥에서
세상의 미래를 가장 먼저 이룩한다
그렇다 생애는 추락보다 멀고 깊다
그렇다 패배를 죽음에 비유한 것은 옳지 않았다
무엇이 또다시 일어서는가 그러나
일어서는 것은 씨앗이 아니다 일어서는 것은
이미 이룩된 것이다, 일어서라
이룩된 것이 보다 찬란하게 일어선다

세개의 一人舞

첫번째 - 날개

빈자리는 네가 떠난 것의 표현이다.
어디에고 네가 없으면 푹신한 곳은 없다.
그것은 소파에 움푹하고 내 마음 속에 딱딱하다.

프롤로그

날개 하나 찢겨 있다
피흘리지 않고, 아름답게
오 현실과, 이상의 간극
추락하는 것은 다름아닌
그 간극이다, 날개 하나
죽지를 다치고, 투명하다
찢겨 있으므로 아픔이 없다
그 옆에 또 날개, 또 그 옆에
찢긴 날개가, 패배보다 크게
오 현실과, 이상의 간극
이루지 못한 것이 비상한다
그러나 피흘리지 않고,
아아 사람들은 피흘리지 않고
행복할 거야 기차 여행은
목적지를 모르지, 肉眼보다 큰 飛上을
모른다, 무언가의 肉化처럼
날개 하나 찢겨 있다

만 남

두 눈이 풍경화로 얼어붙었다
발이 땅으로 되었다, 가까스로
그대와 나 사이 나비 한 마리
광장 위로 비상하는 비둘기떼,
그마저 얼어붙었다 아 숨가쁜
정지, 뜨거운 눈물조차 평면인
그 속에 세상이 무너져내리고
가까스로 튀는 두근 참새 하나
씻은 듯 맑은 옛 세상 돌담에
시간의 벽돌 하나, 길 앞에 길은
옛길이 아니고, 길 속에 갈 길도
홀몸이 아니고, 무엇이 벌써부터
고통의 가슴을 부딪치고 있는가
쏟아지는 승객들, 멀미, 첫사랑

탄 생

그대 속으로 들어가면 그대는 자궁이 되고
이미 벗었으므로, 누추한 옷이 된다 그대 속으로
들어가는 것은 시간 속으로 들어가는 것이다
그대 밖으로 나와도 그대는 과거가 되지 않는다
그대도 내 안으로 들어왔기 때문이다 시간 속으로
들어가는 것은 역사 속으로 들어가는 것이다
그러나 더 아픈 껍질을 깨야 한다 더 날카로운
껍질이 미래가 된 그대 포동포동한 젖가슴에
아직 묻어 있고 묻은 채로 다시 많은 것이
쭈그러드는 것을 감수해야 한다 그래서 우리는
역사를 만든다 더 아름다운, 그대 밖으로 나와도
그대는 이미 그대가 쌓여온 것과 쌓여갈 것의
총합이므로 더 억울하게, 아름답지 않은가 세월이
흐르고 후대가 더 억울하게, 아름답지 않을 것인가

육체의 언어

성 장

키가 크면 이분법이 완화되는 것이 보인다
낡은 것이 익지 않았고 새것이 참신치 않다
익을수록 참신한 것이 육체로 구현되기 전
反目은 갈라지지 않고 뒤섞여 있다 나이는
투쟁을 완화하지 않고 더 가열찬 상대방의
악취를 너머 더 음흉한 마음 속을 투시한다
자칫하면 증오만 구현된다 잔해의 무장봉기
그것은 증오보다 증오스럽다 지레 질겁한 것
이기도 하다 상대방의 장점을 획득해야 한다
그가 이겼다는 것은 그가 먼저 그랬다는 뜻
이다 회복뿐이어선 안된다 돌아보지 않아도
과거는 우리가 벗은 옷가지, 눈물 속 평면의
공간을 이루는 것은 지나간 추억뿐 분리된
시간도 공간도, 역사―사회적 수준 차도 없다

육체의 언어

투명해지면
육체의 언어보다
최상의 것은 없다
그것에서 비롯되고 그것으로
돌아온 모든 것이
담겨 있는 역사가 보인다 일생도
그러나 지금
육체는 불투명하고
당분간 역사는
불투명한 채로 아름다울 뿐이다
그러나 그것으로 언어가 시작되었다
투명하지만 아직 닫혀 있는
누구나 그게 岐路다 생애 한 번뿐인
육체의 언어

표 현

빈자리는 네가 떠난 것의 표현이다
그것은 소파에 움푹하고 내 마음 속에
딱딱하다 어디에고 네가 없으면
푹신한 곳은 없다 나는 내 가슴이
보석처럼 반짝이길 바란다 먼 데서도
내가 사랑한다는 표현으로 그것은
네가 돌아오면 다시 빛을 잃고
해체될 것임을 나는 안다 허나 갈수록
이별을 메우는 것은 더 찬란한 금강석
뿐이다 빈자리는 스스로 충만하여
원형으로 돌아간다 슬픈 표현이다
금강석 속엔 가장 무수한 것이 빛이고
가장 견고한 것도 빛이다 내겐 그것이
가장 아슬아슬하고 영원한 순간이다

체 취

초식동물은 냄새를 싫어하지만 그들도
밤에는 육식을 하고 체취가 묻어난다
살내음은 살이 없을수록 상큼하다 그 반성을
우리는 사랑이라고 부르지 사랑은 사실
세월보다 먼저 나이를 먹는다 육식동물은
낮에도 화장을 한다 체취를 강화시키는
대비효과다 그 반성을 우리는 슬픔이라고
부른다 나는 한 5천년 역사를 말했다 능력은
비유 자체에 있지 않고 비유의 불편한 데를 쿡쿡
쑤신다 그 속에 역사의 나이가 있고 나이 속에
얼마나 숱한 영원이 빽빽히 들어차 있는가
5천년 내리씻긴 살내음을 맡지 못하는 자는
5천년 내리 축농증이다 체취는 명멸하지만
후각은 마침내 끝없고 갈수록 사회적이다

말

내뱉은 말이 엇갈려 미로가 원탁 위에
세워진다 그것은 중심을 향한 미로라고
사람들이 인정하지만 동시에 고집한다
실패한 과정을 형상화한 화려한 미로의
성채가 기승을 부린다 벌써, 더 비참한
최후는 아직 더 기다려야 한다 복잡해서가
아니다 육체의 삶은 미로보다 복잡하고
몇 차원을 더 보태야 한다 중심이 가장 넓게
오래되게 빠르게 번져간다 정교한 과학이
끝내 실패로써 찬란한 가슴을 완성시키는
용기 앞에 머뭇댈 뿐이다 과정이 점차 둥근
중심이 되고 창 밖이 없으면 존재조차 없는
미로는 평면이므로 시간과 공간이 난해하다
肉彈이 된 말은 이미 미로 바깥에 있다

낯설음

너와 나 사이 낯이 살을 부딪고
익어간다는 것은 낯설음도 키워간다는 뜻이다
그래, 익어간다는 것은 키워간다는 것이다
육체만으로야 사이가 지워질 수 없다
헤어져서도 이별의 시간과 거리가 몇 겹으로
얽히고 설키는 까닭이다
사랑의 모든 것이 나날이 난생 처음이다 몇십 년
인생이 썩던 장소와 냄새조차도 그때 우리는
비로소 서로의 삶 속을 몇 겹 채웠으며
역사에 몇 겹을 보탰다고 말할 수 있다
낯설음은 없어지지 않는다 길들여질 뿐이다
그것이 더 큰 것을 이룩한다 너무 낯설어
절망이 오지만, 이미 사랑이 그만큼 익었다
절망은 없어지지 않는다 길들여질 뿐이다

소 리

소리에는 희망이 있고 불안이 있다
그러므로 소경에게 들릴 뿐 아니라
맹인에게 보이고 언제나 육성이다
그것이 불안을 어둡게 하고 희망에
살을 채운다 소리와 육성 그 사이에
남지 못한 역사 전체가 공간이 되고
잦아들수록 공간이 뜨겁게 소리친다
불안 없는 희망은 우상일 뿐이라고.
역사가 없는 희망은 사실 단말마의
경고에 다름 아니라고. 그것은 사실
내팽개친 것이나 다름없다고. 불안이
미세한 실핏줄을 이루고부터 태어난
희망은 찬란할수록 뿌리가 있다고.
깊고 얇은 소리의 희망은 뿌리이다

너와 나

그러므로 네 속으로의 여행은 이미
희망으로의 여행이므로 이제 이별은
희망의 생애를 책임져야 한다 시간을
여행으로 생각했던 것 사랑을 공간의
일치로 생각했던 것보다 더 크게
우리는 또 실패하리라 이별도 희망도
삶도 죽음도 그러나 실패의 비수가
사랑의 가슴을 더는 찌르지 않는다
실패가 실패를 자해하지 않고 사랑이
사랑을 체포하지 않는다 더 미래인
죽음이 누추한 유토피며 그에 비해
더 현재인 싱싱한 삶이 과학인 것이
비로소 보이고, 들리고, 받아들여진다
유토피 없이 과학은 투명하지 않다

길

길은 지평보다 넓고 시간보다 오래되었다
그것은 현실의 길이고 현실보다 현실적으로
더 앞선 곳을 미리 가리킨다 그러나
손가락으로는 달을 가리킬 뿐
그 길을 가리키지 못하지 그 길은
가슴 속에서 가장 분명한 형태를 취한다
역사 속으로든 사회 속으로건 인간 속으로든
길을 여행에 비유한 모든 시도는
실패를 과거의 그리운 추억으로 만들었을 뿐
쓰디쓴 현재의 양식으로 만들지 못하였다
그것은 입에 더 쓰지, 더욱 비참한 결과이므로
몸이여 있는 것은 현재뿐이다 길은
현재 네 속에서 현재의 바깥까지 이어져 있다
길은 실패로 재구성된 미래이다

사랑의 생애

사랑의 생애는 갈수록 옅어지지 않는다
나이를 먹을수록 그것은 희미해지지 않고
더욱 악착스러워진다 그래서 추해지지만
사랑은 속속들이 알게 하고 그러므로 증오를
동반하지만 증오를 아는 사랑은 그보다
더욱 커지고 그래서 그 허한 자리에 새 살이
돋아난다 그것만을 우리는 살았다 할 게 있다
생애는 사랑을 어른으로 키우고 사랑은
생애를 날로 재탄생시킨다 사랑의 생애는
갈수록 깊어지지 않는다 이미 생애가 키운
사랑이 더 큰 사랑을 키웠으며 사랑이 키운
생애가 더 오랜 생애를 받아들였으므로 그것은
주변부를 이룰 뿐이다 그 허한 자리에 이룩된
역사가 있고 그것만을 사랑은 살았달 게 있다

에필로그

오 坐礁의 날개인 이상과
이상의 날개인 좌초와
그 둘이 화해하는 역사의
內化와 外化
이상은 항상 이상의 생애가
끝나고 이룩되는 것을
남은 육체가 아니면 누가 알겠는가
좌초는 항상 화려하고 그것은
뒤집은 예후일 뿐이라는 것을
갈수록 젊은 육체가 아니면 누가 알겠는가
形言하라 육체여 누추한 옷보다 먼저
이미 形言인 육체여 그러나
누추하다는 것은 생애가 있다는 뜻이지
총체를 안다면 그건 많은 것을
이미 이룩했다는 뜻이다 눈물겹지만
우리가 눈물겨운 누추한 옷을
그대로 물려받아서는 안되는 까닭이다
거기서 누추함의 생애는 완성되고
역사를 아는 우리는 상대적으로 누추한
우리 이상의 육체를 기꺼이 입으리라

두번째 ― 서정의 구조

작곡엔 일생의 모든 것이 기재되지만 끝이 없는 것은 연주이다.
인간과 역사가 있으므로 끝이 없는 세계가 그 속에 있다.
몸은 기재된 것보다는 연주된 것 위에 겹치고 싶다.

프롤로그

눈물이 응축하고 사람들이 뿔뿔이
흩어진다 서정으로 거대하게 눈물이
응축하고 사람들이 더 거대하게
분산한다 아아 작곡과 연주 사이
인생과 역사 사이 그 사이 대중가요가
흘러넘친다 붉덩물처럼 그리고
눈물이 응축하고 서정이 사회적으로
구조를 갖는다 갈수록 수준 높게
사람들이 더 팽창한다 눈물이 응축하고
그것이 서정의 뼈대가 되지만 이미
역사는 흘러갔다 이미 역사는
눈물 속에 저질러졌다 눈물이 응축하고
사회적 서정이 뿔뿔이 흩어지는
사람들의, 미래의, 조금 뒤처진 그러나
아름다운 길이 된다, 복잡하고 투명한

작곡과 연주

작곡엔 일생의 모든 것이 기재되지만
끝이 없는 것은 연주이다 인간과
역사가 있으므로 끝이 없는 세계가
그 속에 있다 몸은 기재된 것보다는
연주된 것 위에 겹치고 싶다 역사를
기나긴 선율의 공간으로 몸은 느끼고
싶다 작곡자도 그랬을 것이다 영원한
역사의 신선한 느낌이 없다면 인간은
아무것도 이루려 하지 않는다 다만
그는 몸이 떠난다는 것을 되도록이면
몸으로써 표현하고자 하였다 선율이
육체보다 가벼운 것은 육체를 완전히
위안하지는 못했다 그러므로 슬픔의
선율이 악보 위에 벌써부터 길고길다

분 신

그리고 슬픔이 껍질을 벗고 후대에
힘을 준다 그것은 목이 꺾인 음표의
동질성에서 벗어나 슬픔이 힘이 되는
시대를 거쳐 슬픔 자체가 분신을 하는
시대에 이르기까지 세상은 넓어졌고
인간의 가슴 속 선율의 영역도 깊어졌다
이제 후대가 없는 고전을 생각할 수
있는가 음악의 세계에 누가 살고 있는가
음악이 적시는 세계는 불타는 세계며
음악이 태우는 세계는 눈물의 세계며
물과 불이 어우러져 서로를 상승시키는
인간의 가슴이 그 속에 스며들어 있지
않은가 세상이 살 만해 보이는 것은
겉보기보다 뼈대 때문이다, 법칙의 뼈대

精 髓

그리고 정수를 뼈대와 혼동하면 안돼,
혼동하면 결합시키지 못한다 인간의
정수는 뼈대보다 많은 것을 집약하며
액체적이다 그리고 그것은 연체동물의
뭇 기억보다도 조직적이고 역동적이다
그리고 정수의 눈동자에 발전할 수밖에
없는 세계가 집약되고 확산된다 모조리
포착할 수는 없는, 물기 있는 눈동자가
현상과 그 뒤에 숨은 본질과, 그것이
드러나며 구체화되는 과정을 한꺼번에
보면서 시간과 역사와 창조를 평면 속에
그러나 가장 깊게 담는다 축축한 눈물이
둘을 구분하고 결합하고 펼친다 세계에
더 나은 겹으로, 이미 정수는 누추하다

肉 化

그리고 예술과 노동 사이, 육화는 이미
한 걸음, 한 걸음 사회와 육체의 간극을
육체 속으로 확산시키고 사회 속으로
응축시킨다 표정이 물화된다 세계관이
육체적이고 묻어난다 인간인 세계가
무엇보다 역동적이고 총체가 육박한다
무엇보다 형상화와 법칙 사이 세계관이
생애의 무게를 갖고 움직인다 예술이
완성되면 법칙도 완성되리라 이제껏
너무 정반대였으므로 그러나 그것 또한
길지 않으리라 역사는 이미 수많은 갈등을
사회 속에 육화하였다 예술이 예술을
육화하지 못한다 아직은 자생성 시대다
아니 누추히 알 뿐인 의식성 시대다

약한 고리

기실 그것은 잔재주에 불과하다
몸의 감각을 형언한다는 것
음악과 미술의 눈과 코에 입을 달아준다는 것
이야기의 두뇌를 해설한다는 것 그것은
컴퓨터와 성경 창세기가 다 한 일이다
성경의 역사를 컴퓨터의
미래를 보아야 한다 스스로를 비롯시킨
사회의 역사 속으로 투신해야 한다
그러면 보이리라 결과인 사회 속에
사회의 결과와 결과의 역사와 역사의 필연 사이
벌어진 틈에서 모든 것이 살고 있고 누구나
금강석처럼 눈물이 견고하기를 바란다는 것을
빛은 원래 있었다 빛의 결과가 아직 없을 뿐이다
그것이 언뜻 반짝였다 애정의, 약한 고리에서

飛 上

비상하기엔 서정이 너무 무겁다
그러나 서정은 육체의 비상이고
역사 속으로 비상하기엔 육체가
너무 가볍지 않은가 통일의 문제는
남아 있고 사회의 문제는
앞에 있는 것이 겨우 보일 뿐이다
실패보다 실패한 사회의 이유를
역사의 이유와 이유의 역사를
보아야 한다 그것은 실패한 자의
입장이 된다는 뜻이다 그것은
실패한 자가 되어 실패하지
않는다는 뜻이다 더군다나 실패를
가능케 했던 거대한 어떤 것도 없다
얼마나 천박한가, 서정의 비상은

전형과 총체

폭발 직전으로
비좁은 것을 느껴야 한다 전형과
총체의 사이 비좁은 것이
육체를 상정하고 육체의 꿈을 상정하고
그 꿈이 끝까지 육체를 놓지 말아야 한다
그때
사회적 서정이 가능하다 육체의 내부가
정말로 비좁게 느껴지는
그 사이에 사회적 서정이
깔리고 모든 것이 전형과 총체의 사이를
총체보다 큰 전형으로 혹은
전형보다 서정적인 총체로
겹쳐서 형상화한다 그것은 이미 흘러간다
시간보다 두텁게 살아야 한다

감 각

감각 속에 토대와 상부구조가
들어선다 골간이 아름다운 순간이다
감각이 대중 속에 뿌리내릴 때
대중 또한 옷을 한꺼풀 벗는다
대중의 본질이 가장 감각적인 순간이다
그 속에 켜켜이 쌓인 것들이 그 자체로
아름답진 않고 다만 아름다워지고자
애를 쓴다 역사가 아름다운 순간이다
기실 역사는 그 자체로 아름답지 않고
다만 겹쳐져 정지한 시대와 시대를
꿰뚫는, 열린 창이 육체를 갖춘
아름다움의 가장 아름다운 눈동자다
감각이 사회적이고 영원함이
역사를 갖는 순간이다

제3막 노급적

1.

노동자의 육체 속에서 모든 것이
해결되지 않고 해결의 역사가 비로소
집약되기 시작한다 법칙과 전망이 크게
육체적으로 크게 갈등한다 비로소 삶이
무엇을 해결해야 하는가가 감각적이다
'노동'과 '자' 사이 그 사이에 가장
사회적인 인간이 가장 누추한 현상의
본질이 육화되고 그것이 켜켜이 깔리는
시간을 무게로, 다시 공간으로 감각한다
그것은 무엇보다 민주적이고 전범적이다
그리고 그들의 삶이 또한 그것에 비해
누추하므로 그들은 누추한 옷조차 쉽게
벗어버릴 수 있다 그들의 꿈은 세계를
떠나지 않는다 비좁게 느낄 뿐

2.

그들에게 비좁은 것은 이미 강철공장이
아니고 세계다 그들은 공간을 시간적으로
인식하고 역사상 가장 진보적인 것이
그들의 감각에 포착되고, 가장 현대적인
과학이 당연한 적자처럼 보인다 그들에게
삶은 아직 과거의 껍데기처럼 누추하고
그들의 미래에 비해 누추하므로 이중으로
누추한 것이 비로소 누추한 반역의 운명을
거역한다 거역의 늙은 피부가 탈각된다
피비린 옷이 그들을 피비리게 했지만
그들은 누구보다 당연하게 피비렸던 과거를
역사로 해석한다 갈등은 해결되지 않았다
전망이 버린 육체 속에 뒤얽혀 역사와,
역사의 결과가 육체적으로 갈등할 뿐이다

3.

그리고 전망과 법칙 사이에 파업이 있고
당이 있었다는 것은 비로소 역사적으로
끔찍한 일이다 그것은 정말 전망만큼
화려하거나 법칙만큼 가지런하지 않았다
그러나 자세히 보면 거꾸로다 뒤집으면
남한의 역사 안에서 왜 소련이 망했는지
전망은 어떻게 망할 것인지 아니라면
왜 정말 절망해야 되는지 다 들어 있다
그렇다 시간은 돌이켜지지 않는다 그리고
우리가 시간의 시야를 넓혀야 한다 그러나
동시에 전망의 역사를 단절시키지 않고
전망은 항상 현실 앞에 초라하다는, 딱히
후자가 화려해서 그런 게 아니라는, 법칙이
역사적으로 스며드는 가슴을 가져야 한다

4.

그때 법칙이 벌써 현실에 육박한다 당이
현실의 추출이 아니고 종합이기 시작한다
서정의 배후는 죽음이다 역사적인 전망의
육체인 서정이, 그러므로 이미 여러 겹의
사회의 형상화인 서정이 갈수록 열리는
역사와 사회 속으로 생애를 펼쳐나간다
그것은 운명이 아니고 서정의 자유이다
그 바탕에 더 대낮인 법칙의 삶이 시작된다
그것은 법칙의 영원한 역사의 삶이다 피비린
것보다 더 끔찍한 형상은 법칙도, 전망도
파업도 담길 수 없는 닫힌 서정으로 우리가
세계를 예찬했다는 것이다 그 시대는 갔다
완전히, 그 시대의 서정도. 영원히 간 것은
영원의 폐쇄이다 종말은 정말, 열려, 왔다

에필로그

드러나는 것은 언제나 희망의 全貌이다
그 전모는 움직이고, 움직임 사이로
전모의 구조가 보인다 그것은 비로소
아름다운 內腸이다
그것을 희망은 절망이라고 부르지 않는다
그렇다 희망의 그림자는 아직
物化와 정반대에 있다 발자국이 남긴
구멍의 외화처럼
그러므로 희망은 이제
희망의 빈자리에 무엇을 메꿀 것인가
이제 고민하지 않는다 스스로 무엇을
메꾸려는 고민이 물화되고 그것이
빈자리가 일각일 뿐인 세계보다 크다
그것이 희망의 냉철한 자유이다
희망에 무게를 상정한 것부터 문제다
실패한 게 정말 있다면 그건 변증법뿐이다
성공한 게 정말 있다면 그건 절충뿐이다
이제사 드러나는 희망의, 그러나 전모에 비하면
남은 건 가슴과 가슴에서 나와
가슴을 찌르는 잠언뿐이다

세번째 — 시간의 건물

살아있으라, 살아있으라, 체취라도 영원히,
그대여, 나여, 그리고 모든 합쳐진 어긋난 것이여

프롤로그

인정한다 모든 것을 가장 비린 곳까지
비린 꽁치 한 마리가 내 생을 지배했고
역사가 미래를 지배한다 그러므로 내가
인정하는 것이 모든 것을 지배할지라도
오 미래는 역사의 外化, 역사는 미래의
노동, 오 육체는 얼마나 찬란한가 노래는
슬픈 그 무엇의 핵심인가 가장 우울한
그 무엇이 예찬되고 있는가 오 육체의
外化인 역사와 정신의 外化인 미래와
분리된 것의 결합과 결합의 분리, 공간이
시간을 인정하듯이 살아 있는 날까지
시간의 건물 속에 아직 살아 있다는 것은
갇혀 있다는 것 그러나 시간이 흘러가고
벌써 흘러가는 시간 속에 언뜻언뜻 찬
유리창 그 속에 흘러가는 시간의 건물이
보인다 따지고 보면 내가 있고 어차피
죽기 위해 사람들은 더욱 튼튼한 건물을
짓는다 인정한다 차디 찬 유리창에 묻은
비린 것은 모든 것을 인정한다는 뜻이다

육체와 정신

1.

끊임없이 흘러가던 시간이 무너진다
끊임없던 역사가 무너지고
흘러가던 것과 흘러갈 것이 무너진다
시간이 무너지고 무너짐이 무너지고
시간의 건물이 무너진다
가슴이 무너졌다, 그리고 잠시
장님이 코끼리를 만지는 세상이
와야 하리라, 반드시
그러나 과거에도 중요한 것은 배후였다
그리고 그것은 확실히 전보다 더 거대한
세계이고 배후이다
사실 온갖 예언은 좌절한다는 것의
벅차디 벅찬 배후를 우리는 보고 있다
그것은 더듬지 않고 단지 예감하지 않고
온몸으로 껴안는 성질이다
그만큼, 노동의 의미도
변한 만큼 발전했고 예언보다 더 발전했다
사실 예언이 맞는다면 절망할 일은 더 많다
그것은 역사와 사회가 스스로

헛 살았다는 의미이다 우리는 예언의
법칙이 아니고 전망도 아니고,
실패의 법칙 속에 더 많은 희망을 두어야 한다
그때 비로소 희망이 질긴 뿌리를 내리고
시간이 더 이상 흘러가지 않고
우리 밑에서 불끈불끈 솟구쳐오른다
역사가 다시 시간 속으로
체포된 것이 아니다 역사가,
시간의 역사를 한 겹 더 갖춘 것이고
그것을 보는 나를 포함한 역사가
솟구치는 것이다 그것은
시간도 아니고 공간도 아니고 시공간도 아니고
죽음을 메꾸는 시간의 건물이다
그것은 삶의 끝이고 삶의 충만을 드러내는
陰畵이고 역사상 모든 누추한 것들의
눈물이 단단하게 굳어 이룬
금강석에 갇힌 시간과 공간이다
그러므로 오 全貌가 드러나는 시대
전모 바깥의 누추한 의상들이 거대하게
흘러내리고 이제 흘러내리는 것은 곧장

무언가 과거의 총합보다 훨씬 더 우월한
전모의 본질이 부상한다는 뜻이다
뒤늦을 뿐, 절망도 절망의 껍질을 벗는다
오 세계는 어느 곳에도 스스로 절망의 낙인을
찍지 않는다 그러기엔 세계가
너무 거대하다, 온몸 어디에도
절망은 찍히지 않는다 패배, 그것은
아주 예리하게 잘려나간,
설득되지 못한 추상의 살점 같은 것
그 패배엔 이미 얼굴표정이 없다
육체의 역동이 스스로 역사를 이루고
다시 역사의 육체를 이루는 동안
정신이 짓는 시간의 건물은
비로소 육체가 찍어대는
강성한 발자국이다 그것은 뒤흔들린다
육체의 발걸음이, 강성하다는 뜻이다

협동과 계승

2.

그리고 두 팔은 비로소 협동과
협동의 분리를 껴안는다
두 다리는 오래 전부터 계승과
계승의 단절을 버팅긴다
무엇 때문인가 육체는 무엇 때문에
있는가 육체는 무엇의 결과이며
이면이며 과정이며 무엇의
열림인가 육체는 누구의 시간이며
시간은 누구의 공간이며 공간은
누구의 역사인가
오 그렇다 누구도 육체를 이렇게
괴로운 틈새라고 보지 않았다
누구도 육체를 이렇게
협동의 분리로, 계승의 단절로
결과의 열림으로, 시간의 공간으로
공간의 역사로 보지 않았다 이것은
육체가 얼마나 많은 것을
겪었다는 뜻인가 이것은
육체가 얼마나 많은

협동과 계승을
이룩했다는 뜻인가
그러고도 육체가 포착되지 않는다
육체 속에서 포착도 포착되지 않는다
포착의 사회가 포착되지 않는다
포착의 역사가 포착되지 않는다
다시 육체로 돌아가야 한다
그것으로 그 밖의 것을
암시할 수 있을 뿐이다
그 밖의 것은 항상 그것보다 크지만
그 안의 것은 항상 그 밖의 것보다
유구하다 육체가 없는 모든 것은
역사를 육체로 삼고 육체보다 유구한
생애로 삼는다 그러나 협동이 분리의 역사를
낳고 분리의 역사가 더 유구한 협동의
생애를 낳는 사이
낳음은 무엇을 낳고 있는가
계승이 단절의 역사를 버팅기고
단절의 역사가 더 유구한 계승의
생애를 버팅기는 사이

버팀깊은 무엇을 버팅기고 있는가
그렇다, 원인을 알기 위해 이제부터
거슬러 올라가야 한다 모순은
모순의 원인에 비하면 공기처럼 가벼운
장난에 지나지 않는다
그러나 육체는 복원하지 않고 사실은
정신도 아무것도 거슬러 올라가지 않는다
복원은 아무것도 복원하지 않는다
길을 두텁게 할 뿐, 무지개처럼 길이 몇 겹이고
그만큼 갈 만할 뿐이다
살아갈 시간이 몇 겹으로 살지워지는 까닭이다
육체는 나이를 먹으며 나이를 담을
더 큰 육체를 찾는다 협동과 계승은
시간의 건물이 지은, 더 유구한 육체
이빨이 빠진 그 육체의 외양은 내부보다
더 실하고 현대보다 더 현대적이다

역사와 미래

3.
이젠 알겠어, 조금씩 어긋나지 않으면
살아 있지 않다
이젠 알겠어, 간절함의
의미를. 조금일수록 그것은 간절하지만
살아 있지 않으면 아무것도
열 몇 장의 백짓장에 지나지 않는다
그리고 왜 간절함이
육체보다 더 오래 사는
역사와 사회 속으로 뿌리를 내리고
더 많은 어긋남을 포용하고
더 기나긴
육체의 열망의 길이가
간절함의 깊이를 파는지
그런 육체로 보면
역사의 겹과 사회의 겹이 겹쳐
생동하고, 깊고, 울컥하고
거대하다, 오관으로는 파악 못하고 다만
예감의 뿌듯한 실체를 느낄 뿐일 정도로
폭풍의 고요한 중심보다 고요하고

폭풍의 강력한 외곽보다 강력한
눈물 방울의
떨림
사랑한다, 사랑한다, 사랑한다
그대를 사랑하는 것은 그대를 통해
역사와 사회 속으로 뻗어나가며
또한 겹을 보태는 것이다
단지 그것만이 아니지
단지 겹쳐지는 것만이 아니었던
역사의 겹과 사회의 겹이 서로의 곁에게
내화되고 서로의 바깥을 위해 외화된다
그것은 벌써 몇천만 겹으로 살아
생동하는가 폭발하는가 그러나
인간이 인간과 부딪쳐
역사 속에 생애로 이룩한
가장 고요한, 마주 본 거울 속
얼굴의 겹과 겹이 겹치는 속도보다 고요한
입술 끝의
떨림
사랑한다, 사랑한다, 사랑한다

그리고
낙관한다, 사랑과 역사가 얼마나
어긋나는가
역사와 미래가 얼마나
어긋나는가
그 거리를 재기 위해 나는
육체의 끝을 내뻗고
그 광활한 길이로 하여
역사와 사회가, 육체적이므로 더욱
역사적이고 사회적이게 한다
마침내, 그 모든 살아 있는 미래의
세계가
백색의 미인보다 정결하고
유행가보다 간절하다
살아 있으라, 살아 있으라,
체취라도 영원히, 그대여, 나여, 그리고
모든 합쳐진 어긋난 것이여

에필로그

닫혀 있는 것과 열려 있는 것이
사이좋게 닫힘 속으로 열리고
열림 속으로 닫히고
과거를 닫고 역사를 열고
전망의 역사를 닫고
미래를 열 때가 있다 말이 닫히고
육체가, 육체적인 순간이다
말의 육체가
땅을 딛고, 그날의 깃발로
미리 나부끼는 순간이다
그것은
누추하지 않고 간절하다
사랑하라, 사랑하라, 사랑하라
어긋남의 역사를
그것의 심화와 확장을
그것이 깃발이 된 육체를
역사적이고, 사회적이고 영원하게 한다
육체가 육체를 열고 열린 육체가
가장 아름다운 시간의
건물이 되는 순간이다

하나의 二人舞와 세개의 一人舞

첫판 1쇄 펴낸날·1993년 6월 5일
지은이·김정환ⓒ/펴낸이·김혜경/펴낸곳·푸른숲
서울시 서대문구 충정로 3가 270 백왕인쇄문화 4층, 우편번호 120-013
출판등록·1988년 9월 24일 제 11-27호
전화·(편집부)364-8666 (영업부)364-7871〜3/팩시밀리·364-7874

값 3,000원

✱ 잘못된 책은 바꾸어 드립니다.
ISBN 89-7184-022-6 03810

✱ 저자와의 협약에 의해서 인지는 생략합니다.